Muchas veces yo

Escrito por Barbara J. Neasi
Ilustrado por Ana Ochoa

Children's Press®
Una división de Scholastic Inc.
Nueva York • Toronto • Londres • Auckland • Sydney
Ciudad de México • Nueva Delhi • Hong Kong
Danbury, Connecticut

Estimado padre o educador:

Bienvenido a Rookie Ready to Learn en español. Cada Rookie Reader de esta serie incluye páginas de actividades adicionales ¡Aprendamos juntos! que son apropiadas para la edad y ayudan a su niño(a) a estar mejor preparado cuando comience la escuela. *Muchas veces yo* les ofrece la oportunidad a usted y a su niño(a) de hablar sobre la importancia de la destreza socio-emocional de **relacionarse con los demás según el parentesco o situación social**.

He aquí las destrezas de educación temprana que usted y su niño(a) encontrarán en las páginas ¡Aprendamos juntos! de *Muchas veces yo*:

• vocabulario

• contar

• nombrar números

Esperamos que disfrute esta experiencia de lectura deliciosa y mejorada con su joven aprendiz.

Library of Congress Cataloging-in-Publication Data

Neasi, Barbara J.
  [So many me's. Spanish]
  Muchas veces yo/escrito por Barbara J. Neasi; ilustrado por Ana Ochoa.
    p. cm. — (Rookie ready to learn en español)
  Summary: A girl contemplates the many different roles she plays in her family and community, including daughter, granddaughter, sister, cousin, student, patient, and friend. Includes suggested learning activities.
  ISBN 978-0-531-26121-7 (library binding) — ISBN 978-0-531-26789-9 (pbk.)
  [1. Identity—Fiction. 2. Spanish language materials.] I. Ochoa, Ana, ill. II. Title.

  PZ73.N35 2011   [E]—dc22   2011011613

Reconocimientos
© 2003 Ana Ochoa, ilustraciones de la cubierta y el dorso, páginas 3–38.

¡Aquí estoy yo!

¿Cuántas *yo* puedes ver?

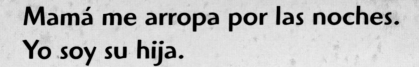

Mamá me arropa por las noches.
Yo soy su hija.

Mi abuelo me empuja cuando
voy en la carretilla.
Yo soy su nietecita.

9

Al pequeño Guillermo
le doy su biberón.
Yo soy su hermana mayor.

Caty hace mis trenzas
cuando voy a la escuela.
Yo soy su hermana menor.

En el verano voy a acampar
con Juana y José.
Yo soy su prima.

4 + 6 =
7 + 2 =
3 + 5 = 8

1
2
3

16

La señora Blanco
enseña en mi clase.
Yo soy su estudiante.

18

Jane vive en la casa de al lado.
Yo soy su vecina.

Miguel y yo jugamos en el
mismo equipo de fútbol.
Yo soy su amiga.

El doctor Wilson
limpia mis dientes.
Yo soy su paciente.

Cuando bailo sobre los pies de papá,

dice que yo soy su princesa.

No lo sé. ¿Cómo puede ser?

¿Cómo puede ser que tantas *yo* pueda haber?

¡Felicidades!

Acabas de terminar de leer *Muchas veces yo* que trata sobre cómo todos representamos diferentes papeles en la familia.

Sobre la autora

Barbara J. Neasi vive en Ilinois, con su marido, Randy, y su gato, Peanut. Comparten una casita gris con un gran jardín, donde sus nietos recogen flores y cosechan calabazas.

Sobre la ilustradora

Ana Ochoa ha estado enamorada del color y el dibujo toda su vida. Ahora es una de las afortunadas que puede vivir su sueño y trabajar para hacer felices a los niños.

Muchas veces yo

¡Aprendamos juntos!

Mi familia

(Cantar a la tonada de "María tiene un corderito").

Vamos a hacer algo juntos
algo juntos, algo juntos.
Vamos a hacer algo juntos.
¿Qué quieres hacer?

(Las respuestas de los familiares)

Vamos a _____
_____, _____
Vamos a _____,
todos en familia.

CONSEJO PARA LOS PADRES:
Esta canción es muy buena para recordarle a los niños que cada uno en su familia tiene gustos diferentes. A papá puede que le guste cenar tranquilo con la familia; a la hermana menor puede que le guste jugar con los bloques con su hermano mayor. Pregúntele a su niño(a) si hay algo que le gustaría hacer con la familia. Juntos, ¡decidan hacer algo para disfrutar en familia!

¿Más o menos?

La niñita en el cuento vio diferentes flores cuando jugó al aire libre con su hermanito y, luego, con sus primos.

> **Cuenta las flores en cada imagen. ¿Cuántas hay? ¿Qué imagen tiene más flores? ¿Cuál tiene menos flores?**

CONSEJO PARA LOS PADRES: Comparar y contrastar cantidades es una destreza importante de matemática elemental. Contar los objetos uno a uno es una buena manera de desarrollar la comprensión de lo que es *más y menos*. Puede hacer esto donde sea, como cuando va a pagar en el supermercado. Construya un vocabulario matemático usando palabras como *menos, menos que, el que menos y el que más*.

¿Dónde estoy?

La niñita fue a muchos lugares con su familia. Uno de sus lugares favoritos fue la cama en su casa. Lee este poema. Cuando te encuentres con una palabra en rojo, señala lo que se describe en la imagen.

Me meto **en** la cama con mi lindo pijama.
Estoy **bajo** la manta calientita y me encanta.
Pongo la cabeza **sobre** la almohada
mi mamá está **cerca** y empieza
un cuento de hadas.

CONSEJO PARA LOS PADRES: Palabras como *debajo*, *sobre*, *en* y *afuera* nos ayudan a describir la posición de las cosas con más precisión. Utilice objetós sencillos como una caja o bloques de madera para actuar los opuestos: *arriba/abajo*, *bajo/sobre*, *adentro/afuera*. Dele instrucciones a su niño(a), como: "Pon el bloque sobre la caja", y así por el estilo.

Muchas veces yo

La niñita del cuento se relacionaba de muchas maneras con su familia. ¿De cuántas maneras te relacionas tú con tu familia? Di las palabras que faltan para contar todas las veces que eres "tú".

- Cuando desayuno con _____ ,
  <small>nombra a alguien que conozcas</small>

  soy su _____ .
  <small>nombra tu relación con esa persona</small>

- Cuando juego con _____ ,
  <small>nombra a alguien que conozcas</small>

  soy su _____ .
  <small>nombra tu relación con esa persona</small>

- Cuando visito a _____ ,
  <small>nombra a alguien que conozcas</small>

  soy su _____ .
  <small>nombra tu relación con esa persona</small>

CONSEJO PARA LOS PADRES: El concepto de representar diferentes papeles con diferentes personas puede ser nuevo para un niño pequeño. Puede comenzar la conversación poniéndose a usted mismo(a) como ejemplo. ("Soy la hija de abuela, soy la hermana de la tía Rosa" y así por el estilo). Puede aprovechar la oportunidad para hablar con su niño(a) sobre por qué le gusta tener diferentes relaciones.

Los números del equipo

Todos en el equipo de fútbol usan camisetas con números.

¿Puedes decir para qué son los números? Traza cada número con tu dedo. Luego dibuja la camiseta para tu propio equipo. ¿De qué color será? ¿Cuál será tu número?

Un libro sobre mí

Haz tu propio álbum sobre "Mí". ¿Quiénes son las personas en tu vida?

VA A NECESITAR: hasta 10 hojas de papel de

manualidades · **crayones** · **grapadora**

1

En cada hoja de papel dibújate a tí mismo con una persona que conozcas, como tu hermano o hermana, tus amigos, tu maestro y así por el estilo.

3

Une las hojas con una grapa y decora la portada.

2

En cada dibujo, escribe tu relación con esa persona, como: "Aquí estoy con el abuelo. Soy su nieta".

Lista de palabras de Muchas veces yo

(86 palabras)

a	doy	le	pueda
abuelo	el	limpia	puede
acampar	empuja	lo	puedes
al	en	los	que
amiga	enseña	mamá	sé
aquí	equipo	mayor	ser
arropa	escuela	me	sobre
bailo	estoy	menor	soy
biberón	estudiante	mi	señora
Blanco	fútbol	Miguel	su
carretilla	Guillermo	mis	tantas
casa	haber	mismo	trenzas
Caty	hace	nietecita	vecina
clase	hermana	no	ver
cómo	hija	noches	verano
con	Jane	paciente	vive
cuando	José	papá	voy
cuántas	Juana	pequeño	Wilson
de	jugamos	pies	y
dice	la	por	yo
dientes	lado	prima	
doctor	las	princesa	